우리 집은 왕국

푸른사상 동시선 **12**

우리 집은 왕국

인쇄 2014년 1월 24일 | 발행 2014년 1월 28일

지은이 · 박방희
펴낸이 · 한봉숙
펴낸곳 · 푸른사상사
주간 · 맹문재 | 편집 · 지순이 | 교정 · 김재호, 김소영

등록 제2-2876호
주소 서울시 중구 충무로 29(초동) 아시아미디어타워 502호
대표전화 02) 2268-8706~7 | 팩시밀리 02) 2268-8708
이메일 prun21c@hanmail.net
홈페이지 www.prun21c.com

ⓒ 박방희, 2014

ISBN 979-11-308-0113-1 04810
ISBN 978-89-5640-859-0 04810 (세트)

값 9,900원

푸른사상
동시선

12

우리 집은 왕국

박방희 동시집

푸른사상
PRUNSASANG

여섯 번째 동시집은 가족 동시집으로 엮습니다.

가족이 해체되어가는
현대사회를 반성하고
긍정적인 가족관계를 모색하며
바람직한 가족의 모습을 담았습니다.

1부 '아기 탄생' 편에서는

아기의 태어남과 의미,
그리고 자라는 모습을 그렸습니다.
나아가 식물이나 동물, 자연현상에 나타나는
생명의 의미도
생각해보았습니다.

2부 '우리 집은 왕국' 편에서는

가족을 이루는
기본적인 요소인

어머니의 존재와 의미,
아이들과 형제자매 이야기
그리고 아버지의 모습을 담았습니다.

3부 '할머니는 힘세다' 편에서는

손자와 손녀들에게 사랑을 쏟는
할머니와 할아버지의 모습을 담아
핵가족 속에서 바람직한 조손관계를 그려보았습니다.
맹목에 가까운 할머니의 사랑과
약간은 엄격한 할아버지의 모습입니다.

4부 '사랑니' 편에서는

아이가 성장하면서
자연스럽게 생기는 사랑의 감정과
우리 집 울타리를 벗어나
세상과 사물을 바라보는

넓어진 의식을 담았습니다.

아무쪼록 이번 동시집이
가족 간의 믿음과 사랑을
깊게 하는 데
도움이 되기를 바라며

세상의 모든 가족들−
아버지와 어머니,
할아버지와 할머니,
그리고 사랑스런
어린이들에게 바칩니다.

2014년 새봄을 기다리며
박방희

제2부 우리 집은 왕국

제3부 할머니는 힘세다

제4부 사랑니

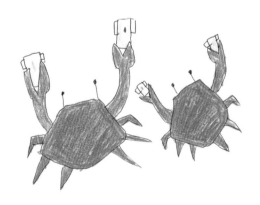

우리 집에 오신 어린 하느님

제1부

아기 탄생

아기 탄생

우리 집에 오신
어린 하느님

할머니 할아버지
큰아버지 큰어머니

작은아버지 작은어머니
고모들 가족까지

동방박사들처럼
예물 들고 찾아와

포대기 속 아기에게
경배합니다.

* 어린 하느님 : 방정환 선생님은 아기를 어린 하느님이라 하셨다.

한샘이(선원초 5학년)

엄마 시간표

엄마 시간표는
누가 짜나?

아침 해가 짤까,
저녁 별이 짤까,

언제 젖 먹이고
기저귀 갈지

언제 집안일하고
잠자리에 들지

난 지 석 달 된
아가가 짠다.

웃음이 웃음을 업고

웃음소리가
웃음소리에 업혀
굴러 나옵니다.

가벼운 웃음소리가
무거운 웃음소리를
업고 나옵니다.

까르르ㅡ
까르르ㅡ
아기의 작은 웃음이

호호호ㅡ
허허허ㅡ
어른들 큰 웃음을
업고 나옵니다.

갸웃

아가가
엄마 등 뒤에서
이리 갸웃 저리 갸웃

이쪽 세상
저쪽 세상
모두 잘 보려고
갸웃거리네.

아가의 예쁜 모습
더 잘 보려고
나도 갸웃
아빠도 갸웃
할머니도 갸웃

막 떠올라
기지개 켜는 해님도
산 위에서 갸웃.

한아름(선원초 6학년)

배꼽 안테나

뱃속에서는 탯줄 통신
태어나선 무선 통신

배꼽에 앉힌
접시 안테나로
어디서든 삐리릭—

엄마의 안테나
아기한테로
아기의 안테나는
엄마한테로

코드와 주파수가 딱 맞는
배꼽 안테나지요.

눈이 내려요

눈이 내려요.
눈사람이 되려고
하늘에서 펄펄
눈이 내려요.

땅으로 내려와
눈사람으로 살려고
하늘에서 펄펄
눈이 내려요.

눈 내린 아침

　하늘 먼 길을 나비처럼 날아온 눈발들이 마당에 벗어놓은 아기 신발 속으로 들어갔어요. 이 세상 어디라도 가려는 듯 소복이 발 등까지 밀어 넣었어요.

돌떡

아기 돌날 돌떡 돌립니다.

자다가 떡 생긴 이웃들

돌떡 먹고도 입이 안 아픈지

덕담 한마디씩 부조합니다.

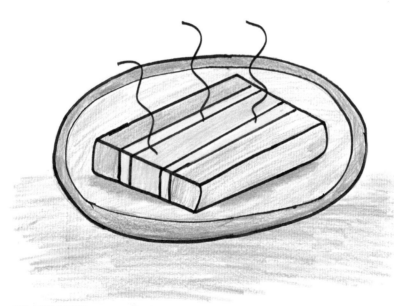

첫나들이

아가가
아장아장
나들이 가니,

아기 꽃
마중 나와
방긋방긋.

이소연(왕선초 5학년)

별똥별

엄마 찾는 아기 별

저녁마다 반짝이더니

마침내 찾았구나!

쏜살같이 달려오네.

옥수수

옥수수나무는 사람과 같다.

사람처럼 아기를
업어 키운다.

그런데, 아기가 수염이 났다.

수염 난 아기를
수염이 세도록
업어 키운다.

토끼털 귀마개

잿빛 토끼털 귀마개를 한 아이가 깡충깡충 뛰며 간다. 귀마개
가 된 토끼가 뛰게 하나보다.

무슨 소리가 날 때마다
멈춰 서서,

쫑긋거리는
아이.

박지윤(신암초 5학년)

치와와

우리 집 치와와가 새끼를 낳았다.
모두 세 마리

그 조그만 것이 사랑을 하여
어미가 되었구나!

어미 소

눈 속에 묻힌 지 나흘, 무너진 축사 지붕을 들어내고 눈 더미를 치우자 죽은 소 가운데서 산 소 한 마리가 눈구덩이 밖으로 걸어 나왔다.

놀랍게도 어미 소 다리 사이 젖 빠는 새끼 한 마리가 보였다. 어미 소가 눈 무게를 이겨낸 건 새끼 때문이라며, 할아버지가 젖은 눈으로 어미 소 등을 쓰다듬었다.

나이테 가족

나이테는
나무의 나이

한 살 더 먹어
새 나이테가 생기면
차례로 감싸 안는다.

우리 집도 나이테 가족

할아버지
할머니
아버지
어머니
누나
형

모두 어린 나를 감싸 안는다.
나도
동생이 생기면
감싸겠지.

한아롬(선원초 6학년)

그래서 우리 집은 왕국이 된다

제2부

우리 집은 왕국

우리 집은 왕국

우리 아빠
나보고는
우리 왕자, 하시고

누나보고는
우리 공주, 하신다.

그럼, 아버지는
왕이시고

어머니는
왕비이시다.

그래서 우리 집은
왕국이 된다.

한아롬(선원초 6학년)

엄마

살구나무는 살구를 낳아
살구 엄마가 되고

자두나무는 자두를 낳아
자두 엄마가 되고

암탉은 달걀을 낳아
병아리 엄마가 되고

엄마는 누나와 나를 낳아
우리 엄마가 되었다.

고구마 엄마

몸속의 싹눈 틔워
젖 물려
올망졸망
키우는 것 보면

고구마도 엄마야.

줄기 뻗어가도록
몸엣것
다 내주고
푹─ 스러지는 걸 보면

거룩한 엄마야.

시험

엄마, 물 좀 갖다 줘요.
할머니, 과일 좀 깎아 줘요.
오빠, 조용히 해줘.
언니, 음악 소리 줄여줘.
아빠, 쿵쾅쿵쾅 코끼리 발로
걸어 다니지 마세요.

누나 시험 치는 날
온 가족이 시험 드는 날.

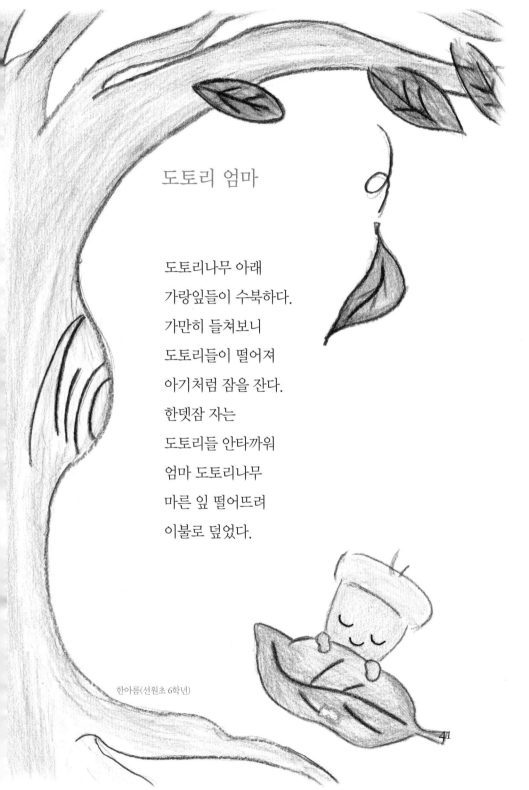

도토리 엄마

도토리나무 아래
가랑잎들이 수북하다.
가만히 들쳐보니
도토리들이 떨어져
아기처럼 잠을 잔다.
한뎃잠 자는
도토리들 안타까워
엄마 도토리나무
마른 잎 떨어뜨려
이불로 덮었다.

한아롬(선원초 6학년)

41

잔소리

너희들 밥 먹고 큰 줄 아나?
콩나물이 물 먹고 크듯
내 잔소리로 컸느니라.

생각하면 맞는 말씀

학원 가기 싫어도
등 떠미는 잔소리

놀고 싶어도
책상에 앉게 하는 잔소리

늦잠 자고 싶어도
일으켜 세우는 잔소리

나를 키우고
내 동생을 키웠죠!

동생 태어난 날

"딸은 공주라고 하면서, 아들은

왜 왕자라고 안 하지요?"

간호사 누나가 대답했어요.

"아들은 왕자 이상이잖아요!"

도깨비 동생

온 집안 기다림 속에
태어난 발가숭이

주글주글 발간 얼굴이
꼭 도깨비 새끼 같다.

울음소리 하나 우렁차다지만
알고 보면 도깨비방망이

으앙~! 으앙~!
터트리기만 하면
무엇이든 다 나온다.

서윤지(신암초 5학년)

45

고집불통

고집 센 내 동생은
고집에 산다.

창문도 없고
초인종도 없는 집

고집불통이란
문패만 달았다.

김미슬(신암초 5학년)

물수제비뜨기

학교 갔다 오는 길

형이 뜨는 물수제비는
3학년 달음질로

동생이 뜨는 물수제비는
1학년 달음질로

팡~팡~팡~팡
퐁~퐁~퐁~퐁

발자국을 찍으며
내를 건너갑니다.

헐렁한 잠옷

잠자리에 든 아이가
잠옷 투정을 합니다.
너무 커서 헐렁했지요.

엄마가 일찍이
형한테 한 말을
동생한테도 합니다.

"잠옷은 커야 한단다.
 애들은 자면서 크거든……."

애호박

머리에 예쁜
고깔 쓴 애호박
출렁출렁
푸른 덩굴 타고
담 너머로 나간다.

어제 동무한테
지고 들어와
오늘 조금 더
굵어진 주먹 쥐고

끄덕끄덕
대문을 나서는
여섯 살배기
내 동생 같다.

김미슬(신암초 5학년)

한통속

아빠와 다툰 엄마
팡팡 세탁기나 돌린다.
아빠 옷과 엄마 옷
거품까지 빼물고
엎치락뒤치락하지만
그래도 한통속.

별자리 만들기

하늘의 별을 보며
별자리를 만들어본다.

아빠 별
엄마 별
누나 별
내 별, 동생 별

밥상을 마주하고 앉은
우리 가족 별자리

오래오래
반짝이기를
기도하면서.

눈사람 가족

아빠가 만들어
아빠 닮고
엄마가 만들어
엄마 닮고
누나가 만들어
누나 닮고
내가 만들어
나 닮은 눈사람,

한 마당 한 가족
눈사람 가족.

유시원(신월초 3학년)

허공도 짚을 게 있다!

제3부

할머니는 힘세다

할머니는 힘세다

할머니는 힘세다.
아빠가 예예! 하니.

나는 더 힘세다.
할머니가 오냐오냐! 하니.

유혜원(월성아이세상유치원)

키 크는 순서

옆으로
퍼지다가
아래위로
길어진다고,

뚱뚱한
나를 두고
할머니가
변호했다.

눈높이

할머니 허리는
왜 꼬부라졌어요?

너하고 눈 맞추려고
꼬부라졌지.

눈높이가 맞아야
친구가 되거든…….

감싸기

할머니는 감싸기 선수
내 동생이 한 일은
무엇이든 싸고돈다.

그러다 감이 터져
아끼는 비단 보자기
버리기도 하는데…….

드르릉드르릉

할아버지가 주무신다.

드르릉드르릉
드르릉드르릉

코로 주무신다.

최은지(신암초 5학년)

연탄과 할머니

부엌에 들어가
연탄 가시는 할머니,

손에 든 허연 연탄재
머리에도 이셨네.

아궁이에 든 검정 연탄
연탄재로 나오듯

새댁으로 든 부엌에서
할머니로 나오시네.

할머니의 손국수

밀가루 반죽 덩이
홍두깨로 밀면
솥뚜껑만 하다가
멍석만 하다가

국수 자리에 꽉 찬
보름달로 떠올라
두리반 펴고 앉은 식구들
봉긋봉긋 배불려요.

백가연(왕선초 5학년)

할아버지 말씀
— 곰보

누가 곰보라고
흉보지 마라.

마음이 얽은
사람에 비해서는
아름다운 얼굴을
지닌 사람이다.

할아버지 말씀
— 포기

넘어지는
순간에도
포기하지
마라,

허공도 짚을 게 있다!

할아버지 말씀
— 심술

세상 술 가운데서
제일 독한 술

심술에 취하면
깨어나기
힘들지!

김미슬(신암초 5학년)

이 빠진 그릇

이 빠진 그릇을 보고
엄마가 말했어요.

― 에그, 이가 빠졌네.
　내다 버려야지.

윗니 빠진 나
아랫니 빠진 할머니

구석에서 말이 없다.

하늘 이

별똥별로 빠지는

하늘 이 몇 개 주워

잇몸뿐인 할머니

금니 해드려야지.

흰 구름과 사는 할아버지

할아버지 머리로
내려온 흰 구름

나비처럼 날개 접고
앉아 있다가

어느 날 나풀나풀
날아오르면

할아버지도 둥둥
하늘나라로 가시겠지.

연탄재

아궁이 속에서
구멍 맞춰
밥 짓고
국 끓이고
방구들 덥혀
우리 집을 따뜻하게 한
연탄 두 장

이제는 해로한
할아버지 할머니처럼
한 몸이 되어
떨어지지를 않네.

한예빈(달산초 6학년)

* 해로 : 부부가 한평생 같이 살며 함께 늙음.

할아버지 머리

할아버지 머리는

고분과 같아.

옛날 일들만

가득하거든.

* 고분 : 고대에 만들어진 무덤.

한아롬(선원초 6학년)

사랑도 못 해봤는데 사랑니를 뽑다니!

제4부
사랑니

만유인력

과학시간에 배운 만유인력

— 질량을 가진 물체는 서로
   끌어당기는 힘이 있다.

민지와 나
서로 끌어당긴다.

* 만유인력 : 1687년에 뉴턴이 발견하였다.

사랑니

이가 아파 치과에 가니
사랑니 때문이라네.

사랑한 일 없는데
사랑니가 생기다니!

사랑도 못 해봤는데
사랑니를 뽑다니!

박성일(왕선초 5학년)

말벌에 쐬다

발갛게 부어오르는
말벌에 쐰 자리

- 어머, 아프겠다.
호오, 약 발라주는 소연이

짝꿍 앞에
처음 저를 내보이는
내 등이

부끄러워
낯 붉히겠다.

생일날

돼지갈비 식당에 가서
갈비 구워먹는데
아차, 이 돼지도 나처럼
생일이 있을 건데
그 생일이 나랑 같은
오늘인지도 모르는데
이걸 먹어야 하나,
말아야 하나!

움

내 몸에서
움튼
움

처음에는
부끄러움이려니 했지.

나중에야
발갛게 물든
그리움이라는 걸
알았지.

내게서 움터
네게로 뻗어가는
움.

김미슬(신암초 5학년)

엄마의 말씀

네가 음식 생각만 하니까

파리가 너한테 꾀이잖아, 뚝!

한샘이(선원초 5학년)

걸작 쓰는 삼촌

공작

후작

백작

자작

남작

이 모든 귀족 위에 걸작이 있단다.

책 버러지

"애야, 너도 책 좀 읽어라.
 삼촌은 책 읽기를 좋아해
 책 버러지 소리를 다 들었단다."

놀기만 좋아하는 아이에게
엄마가 동화책을 주며 말했지요.

"책 버러지라니? 책을 갉아먹나?"
"책을 어떻게 먹어, 글자를 먹지."
"글자를 먹는다고? 그럼 책들은 전부 공책 되었겠네."

시간은 발이 많다

시간이 너무 잘 간다.

토요일이라 좋아했는데
금세 월요일이다.

시간은 발이 많다.

외갓집이라도 가는 날은
발이 배로 더 많다.

최은지(신암초 5학년)

보름달은 힘세다

밀물 썰물 만드는
달은 힘세지만

한가위 대보름달은 정말로 힘세다.

멀리 떠난 사람 돌아오게 하고
군대 간 삼촌마저도 불러와

두리반 앞에 앉게 하는
보름달은 정말 힘세다.

접시꽃에 꽃 접시

푸른 선반에 꽃 접시들
빈 접시가 아닌가봐.

벌 나비 드나들며
먹고 가고 싸 가고

사람들도 오며가며
눈요기를 하고 가네.

김민지(왕선초 5학년)

어머니와 호주머니

언제든 들어가
쉴 수 있는
따스한 집

빈손이라도
부끄러울 게 없지,
그 속에서는!

과외수업

다람쥐 엄마 아빠가
꼬마 다람쥐에게
수영과외를 시켰대요.

다람쥐 조그만 발에
물갈퀴가 생겨
헤엄은 잘 쳤으나
나무 타기는 글렀대요.

오리는 땅 위에서
달리기 과외를 받았대요.
물갈퀴 닮은 오리
물에서 젬병이라
물고기는 못 잡는대요.

불쌍한 다람쥐와 오리
다시 과외를 한대나요.
다람쥐는 나무 타는 과외
오리는 헤엄치는 과외.

바닷가 외딴집

울타리에 널린

아기 기저귀

게들이 집게발로

꽉, 집고 있다.

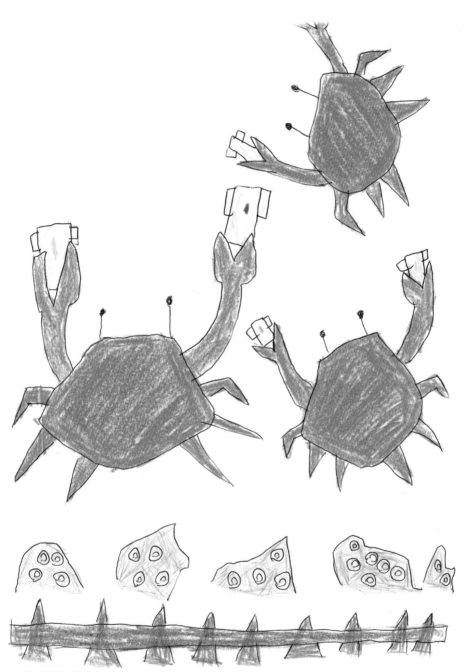

최호빈(왕선초 5학년)

팔려간 송아지

송아지 배 속에는
엄마 소가 넣어준
보온밥통이 네 개

따끈따끈한 밥
언제든 퍼먹을 수 있지요.

심심할 때
잠 안 올 때
뒤적뒤적 꺼내먹고

어미가 그립고
외로울 때도
한입 가득 씹고 씹으며
저를 달래지요.

동시 속 그림

한샘이(선원초 5학년)

한아롬(선원초 6학년)

한샘이(선원초 5학년)

이소연(왕선초 5학년)

박지윤(신암초 5학년)

한아롬(선원초 6학년)

한아롬(선원초 6학년)

한아롬(선원초 6학년)

서윤지(신암초 5학년)

김미슬(신암초 5학년)

김미슬(신암초 5학년)

유시원(신월초 3학년)

유혜원(월성아이세상유치원)

최은지(신암초 5학년)

백가연(왕선초 5학년)

김미슬(신암초 5학년)

한예빈(달산초 6학년)

한아롬(선원초 6학년)

박성일(왕선초 5학년)

김미슬(신암초 5학년)

한샘이(선원초 5학년)

최은지(신암초 5학년)

김민지(왕선초 5학년)

최호빈(왕선초 5학년)